El niño que no creía en la primavera

El niño que no

LUCILLE CLIFTON

creía en la primavera

ilustraciones de BRINTON TURKLE
versión en español de Alma Flor Ada

PENGUIN EDICIONES

PUFFIN BOOKS
Published by the Penguin Group
Penguin Books USA Inc., 375 Hudson Street, New York, New York 10014, U.S.A.
Penguin Books Ltd, 27 Wrights Lane, London W8 5TZ, England
Penguin Books Australia Ltd, Ringwood, Victoria, Australia
Penguin Books Canada Ltd, 10 Alcorn Avenue, Toronto, Ontario, Canada M4V 3B2
Penguin Books (N.Z.) Ltd, 182-190 Wairau Road, Auckland 10, New Zealand

Penguin Books Ltd, Registered Offices: Harmondsworth, Middlesex, England

First published in English under the title *The Boy Who Didn't Believe In Spring*
by E. P. Dutton, 1973
First Spanish translation published by E. P. Dutton & Co., 1976
This paperback edition published in Puffin Books, 1996

10 9 8 7 6 5 4 3 2 1

Text copyright © Lucille Clifton, 1973
Illustrations copyright © Brinton Turkle, 1973
Spanish translation copyright © E. P. Dutton & Co., 1976
All rights reserved
The Library of Congress has cataloged the E. P. Dutton edition as follows:
Clifton, Lucille. El nino que no creia en la primavera.
Translation of *The boy who didn't believe in spring*.
ISBN 0-525-27145-7
Summary: Two skeptical city boys set out to find Spring, which they've heard is "just around the corner."
[1. Spring—Fiction. 2. City and town life—Fiction. 3. Spanish language—Readers.]
I. Turkle, Brinton, ill. II. Title.
PZ73.C56 1976 [468] [E] 75-34070 ISBN 0-525-29170-9

Puffin Books ISBN 0-14-055892-6

Printed in the United States of America

Para Shawnie

Había una vez un niño llamado King Shabazz
que no creía en la primavera.

—¡No existe tal cosa! —murmuraba, cada vez que
en la escuela su maestra hablaba de la primavera.

—¿Dónde está? —gritaba, cada vez que en la casa su mamá
hablaba de la primavera.

Cuando los días comenzaron a ser más cálidos y más largos, King se sentaba frente a su casa, en el primer escalón, a conversar sobre la primavera con su amigo Toni Polito.

—Todo el mundo habla de la primavera —le decía a Toni.

—¡Vaya una gran cosa! —respondía Toni.

—¡No existe tal cosa! —le decía King a Toni.

—¡Por supuesto que no! —respondía Toni.

Un día, después que la maestra había hablado de pájaros azules y su mamá había empezado a hablar de plantas que crecen, King Shabazz decidió que se había cansado de oír esas cosas. Se puso su chaqueta y sus anteojos oscuros y fue a buscar a Toni Polito.

—¡Mira, Toni! —le dijo King, cuando se sentaron en el primer escalón—, voy a buscar un poco de esa primavera.

—¿Qué quieres decir, King? —le preguntó Toni.

—Todo el mundo está hablando de que la primavera está cerca, de que ya llega. Yo voy a caminar un poco a ver lo que descubro.

Toni Polito miró a King Shabazz, mientras éste se levantaba los anteojos oscuros.

—¿Vienes conmigo? —le dijo mientras se los ajustaba.

Toni Polito lo pensó un momento. Luego se levantó y se colocó la gorra al revés.

—¡Por supuesto! —respondió Toni Polito.

King Shabazz y Toni Polito habían ido solos anteriormente hasta
la vuelta de la esquina, pero nada más que hasta el semáforo.

Pasaron por delante de la escuela y el campo de juegos.

—Aquí no hay ninguna primavera —dijo King Shabazz
riéndose—. Ni un pedacito —asintió Toni Polito.

Pasaron junto a una pastelería llamada Weissman. Se
detuvieron un momento junto a la puerta lateral de la pastelería
y sintieron el olor de los pasteles.

—¡Qué olor más rico! —murmuró Toni.

—Pero no es la primavera —respondió al instante King.

Pasaron frente a los apartamentos y caminaron rápidamente, por si acaso se encontraban con Junior Williams. Junior había dicho en la escuela que los iba a golpear a los dos.

Por fin llegaron al semáforo. Toni se detuvo y fingió que se ataba un zapato, para ver qué iba a hacer King. Éste se paró y sopló sus anteojos de sol para limpiarlos y ver qué iba a hacer Toni. Se quedaron allí de pie hasta que el semáforo cambió dos veces. Entonces, King sonrió a Toni y Toni sonrió a King. Y los dos corrieron al cruzar la calle.

—Bueno, si la encontramos tendrá que ser ahora —dijo King Shabazz.

Toni no dijo nada. Se detuvo mirándolo todo.

—Bueno, vamos, Toni —murmuró King y siguieron caminando.

Pasaron por la Iglesia de la Roca Sólida con sus altas ventanas, muy decoradas y bonitas.

Cruzaron frente a un restaurante con mesitas pequeñas y redondas junto a la ventana. Y llegaron a un lugar donde vendían comidas rápidas y se detuvieron un momento junto a la puerta para oler la salsa.

—¡Cómo me gustaría probar un poco de esa salsa! —murmuró King.

—¡Y a mí! —murmuró Toni, con los ojos cerrados. Y siguieron caminando despacio.

Al pasar frente a unos edificios de apartamentos se encontraron con un solar vacío. Era pequeño y por tres lados estaba cercado por las paredes de los edificios de apartamentos. Tres paredes alrededor, y exactamente en el medio: ¡Un auto!

El auto era una maravilla. No tenía ruedas ni puertas, pero era rojo oscuro y estaba encima de un enorme montón de tierra en el medio del solar.

—¡Ay, mira, ay, mira! —murmuró King.

—¡Ay, mira! —murmuró Toni.

En ese momento, oyeron el ruido.

Era un ruido pequeño y prolongado, como de cosas suaves frotando contra algo áspero y venía del auto. Se oyó otra vez. King miró a Toni y le agarró la mano.

—Vamos a ver qué es —murmuró King. Pensaba que Toni iba a negarse, que debían regresar a la casa. Pero Toni miró a King y le apretó fuertemente la mano.

—¡Por supuesto! —le dijo lentamente.

Los dos chicos se quedaron allí, de pie, un minuto y luego empezaron a caminar de puntillas hacia el auto. Atravesaron muy lentamente el solar. Cuando estaban a la mitad del camino para acercarse al auto, Toni tropezó y casi se cayó. Miró hacia abajo y vio un pequeño grupo de flores amarillas que asomaban sus cabecitas puntiagudas entre unas hojitas verdes.

—¡Creo que pisaste esas plantitas! —se rió King.

—¡Están naciendo! —gritó Toni—. ¡Mira, las plantas están brotando!

Y fue entonces, mientras Toni gritaba, que oyeron otro ruido, como de cuerpos que aletearan en el aire, y cuando miraron el auto vieron que tres pájaros salían volando por uno de los huecos de las puertas hacia la paredes de uno de los apartamentos.

King y Toni corrieron al auto para ver dónde habían estado los pájaros. Tuvieron que trepar un poco para llegar a la puerta y asomarse.

Se quedaron de pie por un rato sin decir nada. Allí, en el asiento delantero, en medio de algo que parecía algodón, había un nido. Y en el nido había cuatro huevos de color azul celeste. King se quitó los anteojos oscuros.

—¡Mira, es la primavera! —dijo, casi como si hablara consigo mismo.

—¡Antonio Polito!

King y Toni saltaron de la loma. Alguien estaba llamando a Toni a gritos.

—¡Antonio Polito!

Los chicos dieron media vuelta y empezaron a salir del solar vacío. Marco, el hermano de Toni, estaba junto a la orilla de la parcela y se le veía muy enojado.

—Mamá te va a pegar después que yo termine contigo, ¡bandolero! —le gritó.

King Shabazz miró a Toni Polito y le apretó la mano.

—Ya llegó la primavera —le dijo a Toni, en voz muy baja.

—¡Claro! —le murmuró Toni Polito.

LUCILLE CLIFTON fue la ganadora del Premio Descubrimiento, en el Centro de Poesía de la YMHA, en la ciudad de Nueva York en 1969. Desde entonces, sus libros para niños han incluido *The Black B C's, Don't You Remember?* y *Good, Says Jerome.* Lucille Clifton nació en Depew, Nueva York y estudió en la Universidad de Howard en Washington, D.C. Vive en Baltimore, Maryland, con su esposo y sus seis hijos.

BRINTON TURKLE es el bien conocido autor e ilustrador de los libros de Obadiah y el ilustrador de muchos otros libros. Brinton Turkle dice: "*El niño que no creía en la primavera* me ha ayudado a redescubrir Nueva York, haciendo bocetos de chaquetas y zapatos de niños, autobuses, semáforos y avisos de las calles".

ALMA FLOR ADA nació en Camagüey, Cuba. Estudió en España. Vivió y enseñó en Perú. Ha vivido en diferentes partes de los Estados Unidos, como estudiante, como "scholar" en el Radcliffe Institute y como profesora universitaria. Ha escrito muchos textos escolares y libros en español para niños y está dedicada a la promoción de los derechos educativos de los niños minoritarios. Es Coordinadora de Entrenamiento de Maestros y Recursos en el Bilingual Education Service Center, en Illinois, donde vive ahora con sus cuatro niños.